18 rue Barbès, 92128 Montrouge
ISBN : 979-1-0363-1918-1
Dépôt légal : avril 2021
Deuxième édition - juin 2021

Achevé d'imprimer en avril 2021 par Novoprint

PEFC PEFC/14-38-00277

Margot & Rudy
à la cour de Louis XIV

Elisa Villebrun
Illustré par Marine Gosselin

bayard jeunesse

« Pour Marie-Anaïs, qui danse sa vie comme une reine. »

Chapitre 1

L'Institut Fonteev était en ébullition ces derniers jours. À l'approche des évaluations de début d'année, les salles de répétition étaient sans cesse occupées par des danseurs en plein entraînement.

Au dernier étage, les quatre studios de danse principaux se situaient sous une verrière qui captait au maximum la lumière du jour. Ébloui par un soleil de début d'après-midi, Rudy somnolait dans un coin du studio Diaghilev. Face à lui, Margot se plaça en cinquième et effectua un dégagé de côté. Il suivit le mouvement de sa jambe en pointe puis se leva pour l'interrompre.

– Bon, tu viens ? On doit discuter de ce qu'on va faire cette nuit avec la boîte à musique…

Rudy n'avait pas oublié la lettre étrange de M. Geno. Ils devaient retourner dans le passé s'il voulait en apprendre plus sur la disparition de sa mère. Mais Margot poursuivit son mouvement.

– Il faut que je m'entraîne encore, Rudy… Mon enchaînement de sissonnes et d'assemblés doit être parfait pour demain. On sera classés par groupes de niveau après ça ! Tu ne te rends pas compte parce que tu ne suis pas le cursus de danse, mais c'est très important !

« Les danseuses », pensa Rudy. Margot était comme sa grand-mère. Audition, concours, classement… il y avait toujours quelque chose à faire passer avant lui.

– Tes saucissons associés sont très bien, tu n'as pas besoin de t'entraîner plus !

– Sissonnes et assemblés !

– Peu importe, tu les as tous impressionnés avec les jetés que Marie t'avait appris[1] !

Au fond d'elle, Margot avait envie de retourner dans le passé. En même temps, tout cela lui faisait peur. Ne finiraient-ils pas par rester coincés, à jouer ainsi avec le temps ? Elle chassa ses inquiétudes et reprit son enchaînement. Départ en cinquième, dégagé, saut, plié, retour en cinquième… Rudy allait encore protester quand la voix de sa grand-mère résonna dans le studio :

1. Voir le tome 1: *Margot & Rudy et la petite danseuse de Degas*.

– Plante bien ta jambe, Margot, allez, pousse… allonge… recommence…

La directrice de l'Institut venait d'apparaître à la porte de la salle, ses yeux bleus perçants braqués sur la jeune danseuse. Sa canne qui battait le rythme était comme un prolongement de sa silhouette longiligne. Rudy aurait sans doute dû lui parler de leur aventure. Après tout, la boîte à musique lui appartenait… Mais quelque chose lui disait qu'il devait chercher la vérité seul.

Sa grand-mère se tourna vers lui.

– Tu t'es découvert une passion pour les sauts d'un pied sur deux, Rudy ?

Rudy ouvrit la bouche pour lui répondre, mais Mme Sieffert, le front plissé, était déjà revenue sur Margot. Comme toujours, elle avait mieux à faire que d'écouter son petit-fils. Il y avait toujours une danseuse à corriger, un studio à rénover, une audition à organiser, une interview à réaliser… Fonteev était une institution dans le milieu de la danse et sa grand-mère ne vivait que pour ça.

– Glisse bien les départs et les cinquièmes, Margot, nous en avons déjà parlé ! N'aie pas peur, va plus loin, déporte-toi vraiment !

La jeune fille reprit, plus acharnée que jamais. La directrice la corrigea une nouvelle fois, frappant un peu plus fort le sol de sa canne. La gorge de Margot se serra et ses jambes tremblèrent. C'est vrai qu'elle avait réussi ses jetés l'autre jour. Mais pour tout le reste elle peinait et elle avait l'impression que tout le monde en cours le remarquait. Dans les douches de l'internat, elle avait entendu Victoire se moquer de la façon dont elle faisait ses pointes, comme « une provinciale ».

– Margot, tu retravailleras tes positions de base en plus des sauts pour demain, s'il te plaît… et, Rudy, je te rappelle que le studio sert à s'entraîner, pas à distraire les danseuses… ou à préparer d'autres bêtises.

– Ça tombe bien, je ne fais jamais de bêtises !

Mme Sieffert dévisagea son petit-fils. Il lui semblait différent ces derniers jours. Après les cours du collège, il profitait en général des classes de danse l'après-midi pour préparer ses mauvais tours à destination des élèves danseurs. Mais cela faisait un moment que la directrice n'avait pas eu à subir de nouvelles catastrophes. Et ce n'était pas la première fois qu'elle le voyait traîner avec Margot. La vieille dame sourit. Cette petite parviendrait peut-être à le rendre moins sauvage !

Mme Sieffert quitta la pièce sans se départir de son étrange sourire, ce qui eut le don d'énerver son petit-fils encore un peu plus. Margot, quant à elle, se laissa tomber à genoux, vaincue. C'était plus grave qu'elle ne pensait. Si la directrice lui demandait de revoir les positions de base, c'était sûr, elle voulait la rétrograder en sixième division ! Voire pire !

Insensible au malaise de Margot, Rudy lança son sac sur ses épaules avec rage.

– Continue de répéter ton fichu enchaî-

nement si tu veux, moi j'y vais ! lança-t-il à Margot.

– Où veux-tu…

Margot n'eut pas le temps d'achever sa question. Rudy était déjà dans le couloir. Pourtant, à cet instant précis, elle aurait eu bien besoin de quelqu'un pour la soutenir. Elle sentait qu'il manquait quelque chose dans sa façon de danser. Une fluidité, un élan, un… je-ne-sais-quoi ! Et c'était bien ça le problème, elle n'avait aucune idée de ce qu'elle devait améliorer. Margot se leva pour regagner son dortoir. Elle se sentait si seule, loin de sa maison bretonne aux volets bleus. Elle retint ses larmes. Elle n'avait aucune envie, en prime, que quelqu'un la voie pleurer.

Chapitre 2

Margot gravit les escaliers qui menaient aux combles en essayant de ne pas faire grincer les marches. Rudy lui avait fait passer un mot pour lui donner rendez-vous là-haut, dans son repaire. Elle avait surpris des camarades dire que le grenier de la rotonde était hanté, qu'elles y avaient entendu des bruits bizarres. Elle comprenait mieux pourquoi maintenant !

La fillette suivit un rai de lumière au bout du couloir et déboucha sur un espace niché dans la soupente. Un gros œil-de-bœuf offrait une vue splendide sur les toits de Paris. La lune était pleine ce soir. Dans un coin, entre les poutres, des coussins et des livres jonchaient le sol. Rudy y était vautré, faisant semblant de lire comme s'il n'avait pas entendu Margot entrer.

Sur le mur derrière lui, presque cachée par les gros coussins, Margot aperçut une photo d'Odilia Sieffert, la mère de Rudy, dans son dernier rôle : celui d'Odette du *Lac des cygnes*. Une telle arabesque paraissait impossible, presque magique ! Personne n'avait jamais dansé ce rôle comme ça. Ses bras ouverts donnaient l'impression qu'elle s'offrait complètement à son public. C'était difficile d'imaginer qu'à peine quelques heures après,

elle disparaissait pour toujours. Margot se demanda si Rudy venait souvent se blottir dans ses coussins pour regarder la dernière photo de sa mère.

– Alors, c'est ici que tu te caches ? demanda-t-elle.

– Je ne me cache pas, je réfléchis…

Rudy releva enfin la tête. Margot se rendit compte qu'il fixait, non pas son livre, mais la boîte à musique cachée derrière.

– Tu as pu la récupérer dans le bureau de ta grand-mère ?

Rudy ne répondit pas. Ses yeux étaient remplis d'une tout autre préoccupation.

– Ce qu'a écrit M. Geno dans sa lettre… que j'apprendrai la vérité sur la disparition de ma mère si on retrouve cette figurine manquante… tu crois que c'est vrai ?

Margot ne répondit pas. Elle ne pouvait pas imaginer ce que c'était de ne jamais avoir connu sa mère, comme Rudy. D'avoir été élevé dans un temple à sa gloire sans pouvoir s'en échapper. D'entendre tous les jours parler de danse et de ballets alors que c'était tout ce qu'il aurait voulu fuir pour ne plus penser à elle… Margot n'était séparée de sa famille que depuis quelques semaines et elle lui manquait déjà terriblement !

Et maintenant, ces mots de M. Geno qui venaient tout chambouler.

– Je ne sais pas, Rudy, mais… je crois qu'il n'y a qu'un moyen de le découvrir.

Rudy observa le danseur unique de la boîte, qui n'avait jamais semblé aussi seul. Il était presque minuit. S'ils voulaient poursuivre l'enquête, il fallait actionner le mécanisme. Mais Rudy enchaîna sur un autre sujet, comme s'il n'avait pas la force de se décider.

– Tu danses très bien… Tu n'as pas besoin de t'inquiéter.

Margot mit quelques secondes à réaliser qu'il lui parlait de ses « saucissons associés ». Ce garçon était décidément imprévisible.

– Non… ta grand-mère a raison. Mes sauts ne sont pas assez précis. Je sens bien que ce que je fais n'est pas assez léger, pas assez…

– Pas assez, pas assez, pas assez… Tu ne t'amuses pas assez, oui !

Margot fronça les sourcils. Qu'est-ce qu'il en savait pour lui faire la leçon ainsi ? Lui qui avait dansé pour la première fois de sa vie quelques jours plus tôt, avec Marie[1] !

– Tu n'y connais rien ! La danse, c'est du sérieux, ce sont des heures et des heures de travail pour réaliser un mouvement parfait ! Une pointe assez tendue, un pied assez

1. Voir le tome 1 : *Margot & Rudy et la petite danseuse de Degas.*

en dehors, une glissade assez déportée, un saut assez élancé… Ce n'est pas juste claquer des doigts et improviser ! C'est de la concentration et de la fatigue !

Margot s'en voulut d'avoir haussé le ton. Elle se demanda soudain ce qu'elle faisait là, au milieu de la nuit, alors qu'elle devait passer cet examen si important pour elle le lendemain. Alors qu'elle se sentait si peu à sa place ici.

– Je ferais peut-être mieux d'aller me coucher, Rudy…

Le garçon saisit son poignet avant qu'elle ait pu bouger. Quel idiot de l'avoir vexée alors qu'il essayait simplement d'être gentil ! Il n'était décidément pas doué pour se faire des amis. Il voyait bien que Margot manquait simplement de confiance en elle. Elle aussi se sentait seule et avait peur de ne pas être à la hauteur.

– Pardon, Margot, je… je ne voulais pas te blesser… Je voulais juste te dire que… même si tes pas ne sont pas parfaits, je suis sûr que ce n'est pas ce que ma grand-mère veut voir. Elle veut juste te voir prendre du plaisir à danser.

Soudain, les coups de la grande comtoise résonnèrent dans le hall jusque dans les combles. Il était déjà minuit. Ces douze coups où l'on n'était plus tout à fait hier et pas tout à fait demain, comme leur avait dit M. Geno. Ils devaient se décider à actionner la boîte à musique avant le dernier coup.

Margot dévisagea Rudy qui fixait toujours, immobile, le danseur. Qu'attendait-il ?

– Rudy ! C'est le moment ! Actionne la boîte si tu veux en savoir plus sur ta mère !

Voyant son ami tétanisé, Margot tenta de se saisir de la boîte. Neuf coups avaient

déjà sonné. Bientôt il serait trop tard. Son mouvement fit réagir Rudy et ils tournèrent ensemble le remontoir, sans doute un peu plus qu'ils l'auraient voulu.

Le danseur se mit soudain en mouvement, libérant sa douce mélodie triste.

Comme la première fois, leurs paupières leur semblèrent très lourdes. Les notes de musique s'éteignirent en même temps que les lumières autour d'eux. Dehors, la lune disparut dans une ombre noire.

Chapitre 3

Quand Rudy ouvrit les yeux, il vit les poutres juste au-dessus de lui. Puis la fenêtre en œil-de-bœuf qui laissait entrer une douce lumière. Mince, pourquoi est-ce que ça n'avait pas fonctionné cette fois ? Peut-être avaient-ils trop tourné le mécanisme ? Il entendit Margot gémir à côté de lui :

– Aïe, ma tête...

Rudy aida son amie à se relever. Par la fenêtre, ils aperçurent des jardins. Les toits de Paris avaient disparu ! La boîte à musique les avait bien transportés dans le passé !

– Regarde, Margot !

Au centre, un large bassin laissait s'échapper un jet d'eau monumental. Tout autour, des parterres de buis dessinaient des motifs ornementaux. Des allées arborées offraient leur ombre à des promeneurs.

– Ce jardin, Rudy… il me dit quelque chose… Tiens, regarde ces gens là-bas !

Margot venait de désigner à Rudy un couple de promeneurs. La femme portait une robe à corset et l'homme une culotte à larges jambes avec de nombreux plis.

– Qu'est-ce que c'est que ce look ? En quel siècle sommes-nous tombés ?

Rudy vit les yeux noirs de Margot pétiller de surprise.

– Rudy, ce jardin... je sais où nous sommes... au Palais-Royal ! Je m'y suis promenée plusieurs fois avec ma grand-mère quand nous venions à Paris. Il a changé depuis... mais ma grand-mère m'a raconté qu'il a été construit par le cardinal de Richelieu... au début du XVIIe siècle ou quelque chose comme ça.

Rudy resta bouche bée avant de s'écrier :

– Au début du XVIIe siècle !

– Ne crie pas comme ça ! Nous ne sommes peut-être pas remontés aussi loin !

Les deux enfants scrutèrent la pièce autour d'eux. Ils se trouvaient dans une sorte de grenier ou de débarras. Des coffres et des portants débordaient d'habits en tous genres. Ils entendirent soudain des voix dans le couloir et la porte du grenier qui s'ouvrait. Ni une ni deux, ils se cachèrent derrière un portant qui leur permettait de voir sans être vus. Deux femmes de chambre entrèrent, les bras chargés d'une malle.

– Vous voudrez bien convenir qu'avec ce qui s'est passé il y a quinze jours, il y a de quoi être inquiet !

– Ne m'en parlez pas ! La reine est devenue folle.

Les deux femmes posèrent leur coffre et commencèrent à le remplir d'habits. La plus grande des deux reprit en grommelant :

– Et ce « ballet » qui se prépare ce soir. Il faut sans cesse aller chercher des costumes, quelle idée ! À mon avis, ils feraient mieux de quitter Paris plutôt que de danser !

– Ne dites pas ça, madame. On pourrait vous entendre ! Et puis, il faut les comprendre, ils ont besoin de se distraire ! Pensez-vous : toute cette foule qui a envahi le palais en exigeant de voir le jeune roi endormi. J'ai eu peur pour Sa Majesté et pour Monsieur, ils sont si jeunes !

– Pour sûr qu'on se souviendra de ce début d'année 1651 !

Le couvercle de la malle claqua avec un bruit sec et les deux femmes sortirent du grenier en soufflant sous le poids de leur chargement.

Rudy bondit aussitôt hors de leur cachette.

– 1651 ! Nous sommes en 1651 ! Tu as bien trop remonté la boîte !

– Eh, je te signale que nous l'avons remontée ensemble ! répliqua Margot.

Rudy soupira en essayant de rassembler ses pensées. Les deux femmes avaient parlé d'un jeune roi. Qui était au pouvoir en 1651 ? Margot semblait plongée dans les mêmes réflexions.

– Les deux femmes parlaient... d'une émeute, ou de quelque chose comme ça, non ?

– La Fronde ! s'exclama Rudy, faisant sursauter son amie. C'est la Fronde, l'émeute dont elle parlait, quand les princes se sont rebellés contre la reine... la mère de Louis XIV.

Margot fut impressionnée. Elle ne savait pas Rudy aussi calé en histoire !

– J'ai passé la soirée à relire l'Histoire de France..., se justifia le garçon. Je savais que ça pourrait nous servir...

– Mais pourquoi avons-nous atterri à la cour de Louis XIV ? Quel est le lien avec ta mère ? s'interrogea Margot, circonspecte.

– Aucune idée... La lettre de M. Geno disait de retourner dans le passé pour trouver la figurine manquante... Peut-être que quelque chose ou quelqu'un ici peut nous mener à elle ?

Margot leva les yeux vers les portants.

– Tu as raison. Partons à la découverte de ce palais !

Elle enfila la plus petite des robes qu'elle trouva pendant que Rudy observait, préoccupé, des souliers à talons et larges nœuds.

– Tu es sûr que ce sont des vêtements de garçon ?

Margot étouffa un rire amusé.

– Mais oui, tu as bien vu l'homme dans les jardins. Tiens, enfile une culotte à plis, une veste brodée et une chemise à dentelles… Tu vas être à la dernière mode !

Rudy enfila le costume en se retenant de râler. Le jabot de dentelle le grattait abominablement. Mais ce n'était pas auprès d'une danseuse forcenée qu'il risquait de trouver une oreille compatissante !

La boîte à musique fut précieusement cachée dans une besace à l'épaule de Rudy.

Puis les deux enfants sortirent du grenier pour partir à la découverte des lieux.

Le palais était magnifique. De larges fenêtres ouvraient sur les jardins ensoleillés.

Le parquet blond était tellement lustré que Rudy manqua à plusieurs reprises de glisser, peu habitué à marcher avec des chaussures à talons ! Margot se débrouillait bien mieux avec ses souliers, qui lui rappelaient ceux qu'elle portait au cours de danse de caractère de Mme Lavel.

Ils déambulèrent ainsi un bon moment au hasard de leurs pas, se cachant dès qu'ils entendaient du bruit. Ils passaient d'une galerie de marbre rose à une autre recouverte de riches tentures galonnées, sans vraiment savoir où ils allaient.

– Tu crois que nous allons finir par rencontrer Louis XIV ? demanda Margot après un long moment d'errance dans le château.

– Ça m'étonnerait ! En 1651, si je ne me trompe pas, il doit avoir… à peu près notre âge. À mon avis, il est sous bonne garde ! Et puis nous n'avons pas beaucoup de temps pour en apprendre plus sur cette figurine. Je n'ai pas envie de prendre le risque de rester coincé ici.

Margot et Rudy tombèrent soudain sur une pièce remplie de curiosités en tous genres : vases, pierres précieuses, émaux, antiquités… Même les murs étaient parsemés d'animaux bizarres empaillés !

– Regarde, Rudy ! Peut-être que la figurine se trouve là ? C'est peut-être pour ça que la boîte nous a conduits ici ?

Ravis de leur trouvaille, les deux enfants s'apprêtaient à fouiller la pièce, quand une voix gronda dans leur dos :

– Que faites-vous là, tous les deux ? Vous n'avez rien à faire dans le cabinet de curiosités du roi !

Un homme au manteau bleu orné d'une croix blanche les dévisageait durement.

– Un mousquetaire du roi ! s'exclama Rudy, écarquillant ses grands yeux verts.

– Fidèle au messire d'Artagnan lui-même, garnement ! énonça gravement l'homme. Et il punit sévèrement les voleurs ! Je vais vous faire visiter les cachots, moi !

Margot vit soudain la main gantée du mousquetaire s'abattre sur eux.

– Cours, Rudy, cours !

Les deux enfants lui échappèrent de justesse et s'engouffrèrent à toute vitesse dans les couloirs du Palais-Royal.

Le mousquetaire était à leurs trousses. Il fallait qu'ils trouvent un moyen de lui échapper !

Soudain, Margot vit une porte-fenêtre ouverte sur leur gauche.

– Par ici, Rudy ! Dans le jardin, nous trouverons bien une cachette !

Chapitre 4

Dehors, Margot et Rudy balayèrent le jardin des yeux. Les buissons étaient bien trop bas, et les rangées d'arbres trop espacées pour les cacher.

– Regarde, Rudy, les joueurs là-bas ! Allons-nous mêler à eux !

Sans tarder, ils s'approchèrent d'un groupe d'hommes qui jouaient à la balle de part et d'autre d'un filet tendu dans une des allées.

Assis sur un banc de pierre juste à côté, un homme à la perruque foisonnante s'amusait à les dessiner.

– Bonjour ! Pouvons-nous jouer au tennis avec vous ? lança Rudy.

Le joueur à qui il s'était adressé le dévisagea étrangement.

– Au « tennis » ? De quoi parlez-vous, jeune homme ? Nous faisons une partie de paume[1] !

Voyant le mousquetaire sortir à son tour du palais, Rudy se reprit aussitôt :

– Oui, bien sûr, c'est ce que je voulais dire !

Sans se faire prier, l'un des joueurs envoya la balle de liège vers Rudy, qui sauta aussi haut qu'il put pour la renvoyer de la main. L'homme fut impressionné.

1. Jeu de paume : jeu ancêtre du tennis, très populaire au XVIIe siècle.

– Eh bien, jeune homme, on peut dire que vous savez « prendre la balle au bond »[1] ! Vous avez de la chance, il nous manque justement un paumiste[2]. Tenez, voici une raquette, vous vous ferez moins mal !

Laissant à Margot sa veste et sa sacoche, Rudy se jeta dans le jeu avec enthousiasme. Margot s'assit à côté du dessinateur, assez proche afin qu'on puisse croire qu'ils étaient ensemble. Le mousquetaire passa ainsi devant eux sans les voir.

– Votre ami possède une détente remarquable, mademoiselle !

Margot se tourna vers le dessinateur, qui lui souriait.

– Oh, pardon… je ne me présente même pas : Pierre Beauchamp, le maître de ballet de Sa Majesté.

1. Prendre la balle au bond : expression qui signifie aujourd'hui « saisir l'opportunité » et qui vient du jeu de paume.
2. Paumiste : joueur au jeu de paume.

Margot le dévisagea de ses yeux ronds. Elle se rappelait le cours de son professeur d'histoire, M. Gail : le maître de danse de Louis XIV était un des inventeurs du ballet à la française !

Devant la mine ébahie de la jeune fille, Pierre Beauchamp reprit :

– En temps normal, je dessine les pigeons de Paris. Leur façon de voler me donne de nouvelles idées de pas. Mais je ne regrette pas aujourd'hui d'être sorti dans le jardin !

Voyant que le mousquetaire était parti, Rudy posa sa raquette et se rapprocha de Margot. Pierre Beauchamp en profita pour lui adresser la parole.

– Monsieur, votre port illustre parfaitement les cinq positions de danse que je viens d'inventer pour Sa Majesté. Si vous le permettez, j'aimerais beaucoup vous dessiner.

Rudy allait décliner quand le mousquetaire surgit à nouveau de nulle part :

– Ah, je vous ai enfin retrouvés, garnements ! Suivez-moi, vous allez tâter du bâton !

Pierre Beauchamp se leva et s'interposa entre le mousquetaire et les enfants.

– Cela m'étonnerait fort, gentilhomme. Ces enfants sont les invités personnels de Sa Majesté : le comte et la comtesse de Villeroy, que le roi a fait mander pour le ballet de ce soir. Voyez, ils étaient malades mais par fidélité à Sa Majesté ils sont tout de même sortis de leurs lits et les voilà déjà en costume pour le spectacle !

Margot et Rudy acquiescèrent avec énergie et le mousquetaire se confondit en excuses.

– Veuillez nous pardonner d'ailleurs, Monsieur, mais nous sommes en retard pour notre répétition. Comme vous le savez, la première du « Ballet de Cassandre » aura lieu dans quelques heures !

Sans un mot de plus, Pierre Beauchamp entraîna Margot et Rudy vers le palais. Ils le suivirent sans poser de questions, trop heureux d'être tirés d'affaire.

Chapitre 5

Jamais Margot n'aurait imaginé un opéra caché dans un palais ! Les sièges étaient vides, mais une troupe de danseurs était rassemblée sur la scène, prête à répéter.

– Tu crois qu'il nous prend vraiment pour les seigneurs de Villeroy ? s'inquiéta Margot.

– Aucune idée... mais entrons dans son jeu. Je n'ai aucune envie de visiter les cachots avec ce mousquetaire !

Margot hocha la tête. Rudy avait raison.

– Assez discuté, reprit le maître de ballet en se tournant vers ses nouveaux élèves. Le lever du rideau est dans à peine trois heures, je veux vous voir répéter avant. Observez bien le marquis de Villequier et le comte de Froulay, vous devrez effectuer les mêmes pas.

Margot et Rudy, qui avaient espéré pouvoir s'esquiver, se retrouvèrent placés aux premières loges. Le marquis et le comte s'avancèrent sur la scène. Les violons débutèrent une mélodie entraînante. Rythmés par les claquements de mains du maître, les deux gentilhommes se mirent à danser.

Margot fut surprise de les voir dérouler glissades, sissonnes et assemblés. Les mêmes sauts qu'elle devait exécuter le lendemain à l'Institut Fonteev ! Elle avait pourtant fait un bond de trois-cent-soixante-dix ans dans le passé ! Comment était-ce possible ? La jeune fille observait les postures des deux hommes : dégagés, cinquième, élévation… Bien sûr, le travail des pointes était radicalement différent puisque, étonnamment, ils dansaient avec des chaussures à talons. Mais, à part ce détail, les pas étaient les mêmes.

Subjuguée, Margot se tourna vers Pierre Beauchamp. Elle n'aurait jamais pensé

qu'elle apprenait encore aujourd'hui des pas qu'il avait inventés. Quelle chance de pouvoir le rencontrer vraiment ! Le maître frappait toujours le rythme de ses mains délicates, corrigeant le marquis et le comte sur un pied mal placé, un dos voûté, un saut trop timide. Au bout d'un moment, le maître fit taire la musique. Il lança un regard amusé et intrigué à Margot et Rudy.

– Allez, les petits seigneurs de Villeroy, à votre tour, placez-vous sur scène... Rappelez-vous, vous êtes un chevalier et une dame de la suite de Cassandre. Vous commencez par des sissonnes.

Rudy dévisagea Margot, paniqué.

– Margot, je n'ai aucune idée de ce qu'il faut faire !

– Pour les sissonnes, tu pars en cinquième, Rudy. Tu plies bien les jambes, et puis tu sautes en dégageant la jambe arrière !

Face à ces explications obscures, les cheveux roux de Rudy s'étaient hérissés d'effroi.

– En quoi ? Dégager comment ?

– Bon, suis-moi comme tu peux !

Margot se mit en position devant son ami. La musique commença et elle s'élança en rythme. Elle essayait d'appliquer tout ce qu'elle avait appris : bien plier pour avoir plus de détente, garder la tête droite, placer correctement ses bras et ses épaules...

Pierre Beauchamp battait toujours le rythme de ses mains, reprenant les danseurs :

– Croisez... Serrez bien les cinquièmes à l'arrivée... Allez, encore. Le chevalier, derrière, vous n'êtes pas du tout en rythme !

Margot ne pouvait pas se retourner, mais elle imaginait le pauvre Rudy faire ce qu'il pouvait.

– Oui, c'est cela… La dame de Cassandre, fermez votre jambe arrière uniquement quand votre pied de terre a touché le sol…

Le maître leur fit recommencer trois fois l'enchaînement puis décréta qu'ils devaient maintenant passer aux assemblés. Quand allaient-ils s'échapper de cette maudite répétition ? Rudy était rouge et respirait bruyamment, engoncé dans la dentelle de son jabot.

– Pour les assemblés, Rudy, tu lèves la jambe en demi-seconde, tu sautes et tu retombes sur les deux pieds en même temps en faisant passer le pied de derrière devant pour finir en cinquième.

Rudy hocha mécaniquement la tête, mais Margot sentait bien qu'elle lui parlait chinois. La musique reprit et les mains du maître de ballet recommencèrent à battre le rythme. Margot se remémora les conseils de Mme Sieffert : elle devait planter sa jambe, bien glisser ses départs, se déporter plus loin…

– La dame de Cassandre, c'est bien, mais dépassez la cinquième dans la glissade, vous aurez plus de force pour sauter ! Attention, le chevalier, vous êtes encore en retard !

Margot s'efforça de faire ce que Pierre Beauchamp lui demandait. Comme par magie, elle sentit son épaule mieux se positionner et sa jambe pousser avec beaucoup de force ! C'était ça que la directrice voulait dire quand elle lui disait de planter sa jambe !

– Non, non, non, le chevalier, vous n'êtes pas en rythme ! Reprenez tout seul !

Margot se retourna vers Rudy. Aïe, il n'allait plus pouvoir se cacher derrière elle. Les autres allaient se rendre compte qu'il ne savait absolument pas danser ! Elle se tordit les doigts, sentant son cœur battre à tout rompre. La musique reprit et Rudy avec. Départ en cinquième, dégagé à la seconde, assemblé, retour en cinquième... Les yeux de Margot s'écarquillèrent. Le garçon ignorait totalement comment s'appelaient tous ces pas, mais... il les dansait ! C'était fabuleux, la capacité qu'il avait de reproduire des mouvements qu'il ne connaissait pas quelques minutes plus tôt. Pierre Beauchamp le scrutait minutieusement lui aussi.

– Voilà, c'est mieux, jeune homme... Attention dans la glissade, mettez bien le poids de votre corps dans la direction d'où vous venez et non où vous allez...

Reprenez… Oui, comme ça, vous voyez, vous avez une bien meilleure élévation !

La musique cessa et Rudy souffla enfin.

– Bon, cela manque encore un peu de

netteté, mais ce n'était pas si mal. Le roi vous aura bien enseigné mes pas lors de ses visites à l'hôtel de Villeroy.

Pierre Beauchamp s'éloigna pour faire le point avec son assistant. Enthousiaste, Margot se rapprocha de son ami.

– Rudy, c'était magnifique ! Tu es très doué !

– Non, mais ça va pas, la tête ! J'étais ridicule à gesticuler comme ça… surtout habillé d'une culotte à dentelle et chaussé de talons à petits nœuds !

Chapitre 6

– Bon, allez, viens, ça suffit, les galipettes ! s'exclama Rudy après avoir récupéré son souffle.

Margot jeta un œil dans la direction de Pierre Beauchamp, qui discutait toujours avec ses assistants. Les boucles de sa perruque virevoltaient dans les airs à chacun de ses mouvements. À côté de lui, ses deux assistants prenaient frénétiquement des notes sur les nouvelles idées de décor que leur maître venait d'avoir à la dernière minute. Rudy avait raison, c'était le moment de s'éclipser. Discrètement, les deux enfants se rapprochèrent de la sortie.

– Madame la comtesse et monsieur le comte de Villeroy ! Ne partez pas si vite !

Contraints et forcés, Margot et Rudy pivotèrent vers Pierre Beauchamp qui les rejoignait, son carnet à la main.

– Monsieur le comte, n'oubliez pas que vous devez poser pour mes cinq positions !

Pierre Beauchamp les fixait à nouveau d'un sourire étrange. Les avait-il sauvés du mousquetaire tout à l'heure uniquement dans le but de pouvoir dessiner Rudy ? Le garçon commença à bredouiller une excuse inaudible. Mais Margot ne le laissa pas finir.

– Bien sûr, maître ! Mon frère va exécuter les cinq positions pour vous avec plaisir !

Satisfait, Pierre Beauchamp s'installa.

– Parfait, mettez-vous en première position, alors.

Margot, derrière le maître de ballet, montra à Rudy le placement exact de ses pieds : talons joints et pointes des pieds vers l'extérieur... Beauchamp se dépêcha de jeter sur le papier ses coups de crayon.

– Magnifique ! Seconde maintenant, s'il vous plaît...

Margot poursuivit son exercice de mime et Rudy de l'imiter : pieds écartés, pointes vers l'extérieur...

– Pas trop écarté, jeune homme, la seconde... Oui, comme cela... Troisième maintenant, s'il vous plaît.

Rudy ramena le talon du pied avant au milieu du pied arrière, comme le lui montrait Margot. La jeune fille s'amusa en pensant que c'était une bonne façon

d'apprendre les pas à Rudy, lui qui ne voulait rien entendre au sujet de la danse. L'exercice se termina enfin avec la quatrième et la cinquième. Ravi de ses croquis, Pierre Beauchamp laissa les deux danseurs s'éclipser sans même leur demander où ils allaient. Quelle répétition étrange ils venaient de vivre !

Rudy entraîna de nouveau Margot dans les couloirs du Palais-Royal. Ils devaient absolument retrouver la pièce où ils avaient aperçu tous ces objets insolites. Et cette fois sans croiser le chemin du mousquetaire ! Margot suivait docilement Rudy en rêvassant :

– Tu te rends compte, Rudy ? Tu as servi de modèle pour la toute première définition des cinq positions ! Tu sais qu'encore aujourd'hui, partout dans le monde, on utilise des mots français pour décrire la plupart des pas de danse ! Et ça, grâce à Pierre Beauchamp !

Rudy n'écoutait que d'une oreille, surtout occupé à chercher leur chemin. Ce palais était un vrai labyrinthe ! Après avoir erré un moment sans rien reconnaître, ils tombèrent enfin sur la pièce, au détour d'un couloir.

– Tiens, la voilà ! Viens m'aider à fouiller !

Le cabinet de curiosités était une véritable caverne d'Ali Baba : carapace de tortue, automate, corne de licorne, coquillage de nautile monté en vase, émaux, petit crocodile empaillé, pièces de monnaie étrangères, miniatures, scarabées séchés, instruments de mesure bizarres… On trouvait de tout ici !

Margot et Rudy regardèrent sur toutes les tables, toutes les étagères. Mais il n'y avait pas de trace de la figurine, ni aucun livre qui en aurait parlé.

– Oh, Rudy, regarde !

– Tu as trouvé quelque chose ?

– Non… mais ce portrait-là, c'est Louis XIV ! Je ne savais pas qu'il était aussi beau ! Ça m'aurait amusée de vraiment danser avec lui ce soir…

Rudy fixa le portrait du jeune roi, pas très convaincu.

– Ouais... On dirait une fille, surtout avec ses bouclettes !

Quel jaloux ! Margot allait le lui faire remarquer quand, soudain, la voix du premier assistant de Beauchamp les sortit de leur contemplation.

– Mais qu'est-ce que vous faites là, vous deux ? Vous devriez déjà être passés en coulisses ! Vous n'auriez pas croisé le roi, par hasard ? C'est une catastrophe, il demeure introuvable !

Sans se démonter, Rudy répondit aussitôt :

– Si, nous venons justement de le quitter... Il partait dans la direction opposée au théâtre !

– Oh, mon Dieu, s'exclama encore l'assistant paniqué en partant dans la fameuse direction. En attendant, dépêchez-vous de rejoindre les coulisses !

Margot et Rudy firent semblant de lui obéir et, dès qu'ils furent hors de sa vue, bifurquèrent. Mais c'était sans compter sur le second assistant, parti lui aussi à la recherche des retardataires.

– Madame et monsieur les seigneurs de Villeroy, vous voilà enfin !

– Vite, cours, Margot, il faut lui échapper !

Les deux enfants remontèrent les couloirs à toute allure. Voyant qu'ils n'allaient pas réussir à le semer, Rudy les fit précipitamment entrer dans un placard. Tapis dans leur cachette, ils entendirent l'assistant passer sans les voir. Ils se croyaient sortis d'affaire quand ils entendirent le bruit d'une respiration dans leur dos. Une voix claire s'éleva soudain du fond du débarras :

– Vous n'êtes pas le comte et la comtesse de Villeroy ! Qui êtes-vous ?

Margot et Rudy pivotèrent lentement : le jeune Louis XIV se tenait devant eux.

Chapitre 7

Les deux enfants restèrent sans voix. Le roi de France se trouvait devant eux, et il leur parlait ! Que faisait-il dans ce placard exigu ?

– Je répète : qui êtes-vous ?

Même âgé de douze ans seulement, le roi n'était pas quelqu'un qui avait l'habitude de répéter ses questions. Margot le trouva aussi beau que sur son portrait :

ses boucles blondes tombaient harmonieusement autour de son visage fin. Il avait vraiment la prestance d'un souverain.

– Nous sommes… les cousins des seigneurs de Villeroy, Majesté, enchaîna Rudy avec aplomb. Ils sont malades. Comme vous aviez mandé leur présence, nous sommes venus les remplacer pour… le ballet de ce soir.

Louis XIV baissa les yeux à ces derniers mots.

– Ah oui… le ballet…, reprit-il d'une voix moins assurée. François ne m'a jamais parlé de vous, mais… j'imagine qu'il vous aura montré les pas de maître Beauchamp. Nous aimons beaucoup jouer à colin-maillard dans les jardins avec sa sœur Catherine.

Margot et Rudy se jetèrent un regard en biais. Pourquoi le roi se cachait-il ici ?

– Majesté, se risqua Margot..., je crois que l'assistant de maître Beauchamp vous cherche partout. Le spectacle va bientôt commencer.

Louis XIV soupira sans décoller les yeux du sol.

– Je sais...

Le roi laissa planer un silence qu'il ne semblait pas vouloir crever.

– Alors... pourquoi vous cachez-vous dans ce placard, Majesté ? osa la jeune fille.

Avait-elle tort d'interroger ainsi le roi de France ? Louis XIV releva soudain les yeux. Ils étaient brillants et d'un bleu profond.

– Parce que c'est mon premier ballet et que... les princes de la Fronde seront là. Tout le monde me regardera... attendant que je me trompe... espérant que je trébuche...

Margot dévisagea ce jeune roi qui n'en

était pas encore tout à fait un. Et elle sentit à quel point il était écrasé : par le poids de ce qu'on attendait de lui, par l'angoisse d'être exposé aux regards, par la peur de ne pas être à la hauteur. Comme elle le comprenait, elle qui ne se sentait jamais assez capable ! Rudy, qui semblait tout aussi ému qu'elle, entreprit de rassurer le jeune roi :

– Majesté, vous serez un grand roi et… un très grand danseur ! Ne vous inquiétez pas, vous mettrez au pas tous ces princes… en les faisant danser, justement ! Il faut simplement que vous ne pensiez plus à tout ce que ce spectacle représente, mais juste… au plaisir de danser.

Margot ne quittait pas des yeux le visage de son ami. Elle comprenait enfin ce qu'il avait voulu lui dire plus tôt. Comment bien danser si, à vouloir que tout soit parfait, on en oubliait d'y prendre plaisir ? C'était lui qui avait raison.

– Mais… comment faire cela ? soupira Louis. Je ne sais pas par où commencer !

– Eh bien, si nous commencions par sortir de ce placard ? J'aurais bien besoin que vous me remontriez les premiers pas de notre entrée !

Margot, Rudy et le roi sortirent de leur cachette. La galerie était baignée par la douce lumière vacillante des bougies. Dehors, le soir tombait. Le spectacle n'allait sans doute pas tarder à commencer.

Concentré sur la demande de Rudy, Louis XIV lui remontra leur enchaînement. Margot regardait, fascinée, ses jambes tendues dans l'effort, la souplesse de ses bras, son port de tête altier. C'était un très bon danseur ! Il n'avait aucun souci à se faire pour ce premier ballet.

La ruse de Rudy avait si bien marché que le roi ne pensait plus qu'à lui montrer comment perfectionner ses pas. Margot n'en revenait pas de sa chance : ce n'était pas tous les jours que l'on prenait un cours de danse avec le plus grand roi que l'histoire de France ait connu !

– Que diriez-vous, chers amis, de rajouter aux pas de maître Beauchamp une de mes propres créations ? proposa Louis XIV au bout d'un moment. Je l'ai appelée l'entrechat royal, il faut…

Margot était tellement excitée qu'elle ne put se retenir.

– Partir de la cinquième en demi-plié, puis sauter en croisant les jambes en pointes pour revenir en cinquième !

Margot réalisa aussitôt un entrechat. Louis XIV la dévisagea d'un air ahuri.

– Comment connaissez-vous ce pas ? Je ne l'ai montré à personne... pas même encore à maître Beauchamp !

Margot se mit à bafouiller. Qu'elle était bête ! Dans son enthousiasme, elle avait oublié qu'elle était plus de trois-cent-soixante-dix ans en arrière ! Rudy vola encore à son secours :

– C'est Catherine qui nous l'a montré ! Elle vous a vu vous entraîner dans les jardins de l'hôtel de Villeroy !

Allaient-ils se faire démasquer ? Un sourire illumina le visage du jeune roi.

– C'est vrai que je me suis beaucoup entraîné près de la fontaine !

Margot et Rudy soufflèrent de soulagement.

– Si je peux me permettre cependant, mademoiselle, les deux jambes doivent battre l'entrechat, pas uniquement une seule…

Louis XIV accompagna son conseil d'une démonstration que Margot observa avec intérêt. Le jeune roi sauta avec aisance, bien droit et haut, battant l'air de ses pieds en pointes avec une facilité déconcertante. Margot reprit en suivant son exemple.

– Voilà ! C'est bien mieux ! Vous sautez même beaucoup plus droit ainsi ! On dirait une reine !

Margot sourit et remercia le roi pour tous ces conseils. Dehors, la nuit était complètement tombée.

– Majesté, s'alarma Rudy, vous devriez peut-être rejoindre le théâtre… C'est l'heure, le spectacle va bientôt commencer.

Louis XIV dévisagea Rudy. Il ne semblait plus du tout effrayé.

– Ne vous inquiétez pas, le spectacle ne démarrera pas sans moi… Le spectacle, c'est moi ! Mais vous avez raison, cher comte, allons-y, puisque nous entrons bientôt ensemble sur scène !

Chapitre 8

Une agitation intense s'empara des coulisses quand Louis XIV arriva enfin, accompagné de Margot et Rudy.

– Ah, Majesté, vous voilà !

À côté de Pierre Beauchamp, ses deux assistants manquèrent de s'évanouir de soulagement.

– Vous nous avez fait peur, Majesté, reprit le maître, rien de grave n'est arrivé, j'espère ?

Louis XIV s'avança lentement vers son maître de ballet. Son rang et sa prestance naturelle ne diminuaient en rien l'admiration sincère qu'il éprouvait pour son professeur.

– Rien de grave, maître, je souhaitais simplement répéter avec mes invités avant le lever du rideau.

Pierre Beauchamp sembla surpris, puis opina du chef.

– C'est tout naturel, Majesté. Je dois dire d'ailleurs que vous avez bien choisi vos partenaires de danse. J'ai même croqué tout à l'heure monsieur le comte pour mes positions. Avec un peu plus de répétitions, il aurait tout d'un grand danseur !

Rudy se sentit rougir.

– Tout à fait..., ajouta Louis, et danser avec des amis, cela change tout à la façon de danser, maître !

Louis adressa un clin d'œil à ses nouveaux compagnons. Le spectacle allait commencer.

Margot et Rudy assistèrent au lever du rideau avec Louis, qui leur commenta tout ce qui se passait. Le ballet contait la demande en mariage de la belle Cassandre, dont la main était convoitée par plusieurs prétendants. Lors de la première entrée, le marquis de Genlis apporta, avec de petits sauts de chat, le portrait de Cassandre sur la place de la ville. Dans la deuxième entrée, le duc de Mercœur, le duc de Candale et le marquis d'Illiers montèrent sa tente dans un ballet de pas chassés.

Puis ce fut à leur tour d'entrer sur scène. Margot vit un instant la peur s'immiscer dans le regard de Louis. Elle prit sa main en lui souriant.

– Tous les princes sont peut-être dans la salle, Majesté, mais nous… nous sommes sur scène avec vous.

Le jeune roi sourit en retour. Sans plus hésiter, il entra en scène. Il fit preuve d'une aisance spectaculaire. Il avait une telle détente et une telle grâce dans chacun de ses mouvements ! On aurait vraiment dit qu'il s'amusait, se moquant bien de ce qu'on pouvait penser, alors qu'il tremblait dans un placard une heure auparavant. Margot observa également Rudy, qui ne s'en sortait pas mal du tout. Grâce aux encouragements de Beauchamp et aux conseils avisés de Louis, il avait même gagné en précision.

Le spectacle se termina sous les applaudissements de la cour. Margot et Rudy saluèrent leur public au côté du roi. Cela leur avait paru tellement plus facile qu'à la répétition ! Ils se sentaient emplis de fierté et de joie. Quelle chance d'avoir pu danser avec Louis XIV ! Ils s'en souviendraient toute leur vie. Une fois le rideau tombé, une foule de courtisans s'approcha du jeune souverain. Rudy fit signe à son amie que c'était le moment d'y aller. Ils n'avaient rien trouvé dans le palais et, de toute façon, il allait bientôt être minuit : il était temps de rentrer.

Ils étaient quasiment sortis du théâtre, quand une voix familière les rattrapa :

– Ne partez pas aussi vite !

Chapitre 9

Margot et Rudy furent surpris de voir Louis s'extraire de la foule pour les rejoindre.

– Vous m'avez tellement aidé ce soir… Sans vous, jamais je n'aurais eu le courage de monter sur scène ! J'aimerais vous offrir un présent pour vous remercier.

Margot et Rudy se regardèrent, et Louis XIV surprit leur hésitation.

– Vous pouvez me demander tout ce que vous voulez ! Je suis le roi !

Margot prit son courage à deux mains. Après tout, si cela pouvait leur permettre d'avancer.

– Nous sommes à la recherche, Majesté, d'une figurine… une danseuse en arabesque qui s'est détachée d'une boîte à musique.

– Une danseuse en « arabesque », répéta Louis, qui ne semblait pas connaître ce mot. J'ai amassé tellement de choses étranges dans mon cabinet de curiosités, j'ai même une corne de licorne, alors j'ai peut-être bien cela…

Rudy repensa à la pièce qu'ils avaient fouillée un peu plus tôt.

– C'est très aimable, Majesté. Mais nous avons déjà admiré votre corne de licorne, ainsi que le crocodile empaillé… mais nous n'avons vu aucune danseuse.

Louis XIV sourit à ses amis d'un air énigmatique.

– Vous me parlez du cabinet de curiosités de mon père… Moi je vous parle de ma collection personnelle. Je m'efforce d'y rassembler tous les objets qui représentent des danseurs ! Venez, suivez-moi, votre figurine me dit peut-être quelque chose !

Soudain pleins d'espoir, Margot et Rudy emboîtèrent le pas du jeune roi. Pouvait-il réellement posséder la figurine manquante ? Était-ce pour cela que la boîte les avait conduits ici ?

Dans ses appartements, Louis ouvrit un secrétaire décoré de belles façades sculptées. Il cachait des tiroirs secrets. Comme un petit garçon partageant ses trésors, le jeune roi sortit une boîte à musique sculptée de danseurs en farandole, une miniature de danses traditionnelles et une

petite horloge surmontée d'une danseuse drapée à la grecque... Voyant que rien ne contentait ses nouveaux amis, il se remit à chercher.

– On m'avait pourtant apporté une danseuse étrange... dans une position que je ne connaissais pas... Ce serait peut-être « l'arabesque » dont vous me parlez... Mais où est-elle passée ?

Louis continuait toujours de chercher quand Pierre Beauchamp glissa une tête dans ses appartements.

– Majesté... les princes du royaume veulent vous féliciter... Ils ont été très impressionnés par votre danse, ils vous attendent.

– Très bien, très bien... j'arrive dans un instant !

Le jeune roi chercha encore un moment, sortant un nautile gravé d'acrobates, un instrument de musique biscornu et même la fameuse corne de licorne gravée d'une ronde ! Mais rien n'y fit.

– Je dois aller retrouver les princes... Mais nous sommes amis désormais, alors je vous laisse admirer mes trésors et prendre ce qui vous fera plaisir. Restez ici tant que vous le voudrez.

Margot et Rudy remercièrent le roi pour sa confiance et le regardèrent prendre congé, un pincement au cœur. Quelle rencontre extraordinaire ils venaient de faire ! Louis aurait pu réellement devenir un bon ami.

Ils ouvrirent les derniers tiroirs. Le roi n'avait pas menti, c'était un vrai trésor : camées ornés de baladins, bracelet en ivoire, carafon décoré de bacchanales... Mais pas de figurine de danseuse en arabesque. Si le jeune roi l'avait un jour possédée, elle s'était envolée depuis.

Soudain, la petite horloge surmontée d'une danseuse drapée se mit à sonner. Il était déjà minuit !

– Rudy, la boîte à musique ! Vite, nous devons rentrer !

Le garçon s'empressa de sortir de la sacoche la boîte à musique au danseur unique. Margot lui saisit l'avant-bras. Elle ne pouvait s'empêcher de redouter ce qui allait se passer. La boîte allait-elle les ramener dans le présent comme la première fois ?

Chapitre 10

Dans un coin du studio, Margot observait la danseuse précédente finir son enchaînement sous le regard attentif de Mme Sieffert. La directrice n'avait jamais été aussi silencieuse, c'était difficile de savoir ce qu'elle pensait. Margot triturait le voile de son justaucorps de ses doigts moites de stress. Juste après, c'était son tour.

Cette nuit, ils s'étaient réveillés dans le repaire de Rudy, épuisés. Le douzième coup de minuit venait tout juste de sonner à la grande comtoise du hall. Comme la dernière fois, ils avaient réussi à voyager dans le temps. Cette aventure était si extraordinaire ! Peut-être un rêve. Et pourtant… tout ce qu'ils avaient vécu, ressenti et appris lors de ce voyage… tout cela était bien réel.

La directrice appela Margot, qui se plaça en position. Les premières notes du piano retentirent et la jeune fille s'élança. Fermer la jambe arrière uniquement quand le pied de terre a touché le sol, dépasser la cinquième dans la glissade pour avoir plus de force pour sauter… Elle avait l'impression d'entendre encore Beauchamp la corriger comme s'il était avec elle dans la salle, frappant la mesure de ses mains.

Margot ferma un instant les yeux. Elle sentit que Louis était là aussi, qu'à son tour il l'accompagnait dans ses mouvements pour lui donner ce courage dont tous les danseurs ont besoin. Croiser et croiser, sauter bien droit comme si elle avait été une reine...

Les dernières notes se firent entendre et Margot termina en cinquième.

– Très bien, Margot ! Bonne idée, cet entrechat royal que tu as rajouté, tu l'as bien croisé. Je suis contente que tu aies entendu mes conseils.

Margot remercia la directrice, exultant de joie, et rejoignit le vestiaire pour se rhabiller. Elle tomba sur Rudy, qui avait encore réussi à se cacher dans un coin pour

l'observer. Le jeune garçon lui envoya un clin d'œil complice, affichant la mine de celui qui avait toujours su qu'elle réussirait ! Margot se contenta de sourire pendant qu'elle passait son survêtement.

– Sérieusement, tu n'avais jamais si bien dansé ! reprit le garçon

– C'est grâce au conseil d'un ami…

– C'est vrai qu'il t'a bien aidée, Louis, avec son truc d'entre les chats !

Rudy se leva et, pour illustrer ses propos, sauta en battant des jambes mieux que la plupart des garçons de cinquième division ! À un détail près, puisqu'il ne put s'empêcher de miauler en imitant deux chats qui se battaient.

– Entrechat ! Pas « entre les chats », idiot ! Et je ne parlais pas de Louis… je parlais de toi !

Le garçon s'arrêta de sauter, comme si

MiAOOUUU!

ses derniers mots venaient de coller ses pieds au sol. Lui ? Il avait aidé une danseuse… C'était une première !

Rudy sourit en retour à Margot. Ils n'avaient pas retrouvé la figurine. Mais ils avaient tant appris lors de ce voyage dans le passé, qu'une chose était sûre… ce ne serait pas leur dernier !

FIN

Et en vrai ?

1651 : l'année de la révolte des princes

Alors que Louis XIV n'est qu'un enfant, une grave période de troubles appelée « la Fronde » frappe la France. Les parlements puis les princes, mécontents, se rebellent contre le pouvoir. Le jeune Louis est obligé de fuir Paris avec sa mère et Mazarin.

Le 9 février 1651, la foule envahit même le Palais-Royal, exigeant de voir le jeune roi endormi !

La danse : la grande passion du jeune roi Louis XIV

Louis XIV démarre la danse à l'âge de 7 ans. À l'époque, elle fait partie de l'enseignement classique des princes. Mais pour lui, la danse devient une véritable passion... dont il se sert pour affirmer son pouvoir vis-à-vis des princes de son royaume. Lors du *Ballet de la nuit*, il fait danser les princes ayant participé à la Fronde et s'attribue le rôle du soleil, leur rappelant ainsi à qui ils doivent obéir. Ce rôle lui vaudra le surnom de Roi-Soleil !

En 1661, Louis XIV créera l'Académie royale de danse, qui deviendra plus tard le corps de ballet de l'Opéra de Paris.

Pierre Beauchamp, l’inventeur des cinq positions de la danse classique

Pierre Beauchamp est le professeur de danse de Louis XIV. Il lui enseigne les pas qui deviendront les bases de la danse classique ainsi que les principales danses. L’un des premiers entrechats que l’on apprend en danse, l’« entrechat royal », fut même inventé par Louis XIV.

Pierre Beauchamp définit les cinq positions de la danse classique : première, seconde, troisième… qui sont encore enseignées aujourd’hui !

Les sissonnes et les assemblés

La sissonne est un saut vertical qui s’effectue après un plié : deux pieds propulsent et un pied permet de se recevoir. Pour la réaliser, tu pars en cinquième. Tu plies bien les jambes, et puis tu sautes en dégageant la jambe arrière !

L’assemblé est un saut qui part d’un pied et arrive sur deux. Pour le réaliser, tu lèves la jambe en demi-seconde, tu sautes et tu retombes sur les deux pieds en même temps en faisant passer le pied de derrière devant pour finir en cinquième.

Les dragons de Nalsara

Le journal d'Ella